AF370172

## COLLECTIONS RÉUNIES
### De M. A*** et de M. E***

# 34 TABLEAUX
## MODERNES

### VENTE

#### Le Lundi 12 Février 1872

A DEUX HEURES ET DEMIE PRÉCISES

EXPOSITIONS
{ PARTICULIÈRE : le Samedi 10 Février 1872.
{ PUBLIQUE : le Dimanche 11 Février 1872.

DE UNE HEURE A CINQ HEURES

| Mᵉ ESCRIBE | M. Francis PETIT |
|---|---|
| COMMISSAIRE-PRISEUR | EXPERT |
| Rue de Hanovre, 6 | Rue St-Georges, 7 |

PARIS — 1872

**RENOU ET MAULDE**

IMPRIMEURS DE LA COMPAGNIE DES COMMISSAIRES-PRISEURS

rue de Rivoli, 144.

# CATALOGUE

DE

# 34 TABLEAUX

## MODERNES

Composant les Collections réunies

De M. A*** [ALIOU] et de M. E*** [RUER]

DONT LA VENTE AURA LIEU

## HOTEL DROUOT, SALLE N° 8

### Le Lundi 12 Févier 1872

A DEUX HEURES ET DEMIE PRÉCISES

Par le ministère de M<sup>e</sup> **ESCRIBE**, Commissaire-Priseur,
rue de Hanovre, 6,

Assisté de M. **FRANCIS PETIT**, Expert, rue Saint-Georges, 7.

## EXPOSITIONS

| PARTICULIÈRE | PUBLIQUE |
|---|---|
| Le Samedi 10 Février 1872 | Le Dimanche 11 Février 1872 |

DE UNE HEURE A CINQ HEURES

PARIS — 1872

# CONDITIONS DE LA VENTE

Elle sera faite expressément au comptant.

Les Adjudicataires paieront, en sus des enchères, CINQ POUR CENT applicables aux frais.

# DÉSIGNATION

## BARON

*400.* 1 — Moissonneuse se désaltérant à une fontaine.

H. 25 c. L. 13 c.


## BARON

*430.* 2 — La Cueillette des pommes.

H. 25 c. L. 13 c.


## BRETON (Jules)

*3950.* 3 — Jeune Paysanne tricotant.

Assise, adossée à une grande cheminée, elle a interrompu un instant son travail et reste pensive.

A ses pieds est une corbeille à ouvrage pleine de linge. L'intérieur est d'une simplicité rustique.

Date 1860. — H. 54 c. L. 45 c.

*4.830.*

# CALAME

**4 — Montagne couverte de sapins, près du Righi.**

Vente Calame, n° 56.

H. 24 c. L. 38 c.

# CHAVET

**5 — Un Fumeur.**

H. 13 c. L. 10 c.

# CHENU

**6 — Le Départ; effet de neige.**

Un homme, prêt à partir, son parapluie sous le bras, fait ses adieux à sa femme, qui est venue le conduire jusque sur la porte de sa maison. La petite fille, qui est du voyage, est déjà montée sur un âne; la campagne est couverte de neige.

Il est impossible de mieux rendre la coloration relative du ciel, de de la maison et du terrain. C'est un tableau de la plus grande vérité.

H. 40 c. L. 50 c.

# CLESINGER

**7 — Les Marais Pontins.**

Deux bufffes animent cette solitude, l'un est dans l'eau jusqu'à mi-corps, l'autre est couché sur l'herbe.

H. 34 c. L. 59 c.

# COROT

*1740.*

**8 — L'Étang de Ville-d'Avray.**

C'est le soir, le ciel est à peine éclairé, les arbres projettent leurs grandes ombres sur l'eau de l'étang. Un pêcheur quitte la rive et pousse au large son bateau, qui était amarré sous un grand arbre, dont les branches se détachent en silhouette sur le soleil.

H. 26 c. L. 64 c.

# DIAZ

*3.500.*

**9 — Femme turque et son enfant.**

Elle est debout, revêtue d'un riche costume et tient son enfant assis près d'elle sur une sorte de piédestal en pierre.

H. 45 c. L. 40 c.

# DIAZ

*1.000.*

**10 — Consolation de l'Amour.**

H. 19 c. L. 13 c.

# DIAZ

*700.*

**11 — Odalisque, assise au bois.**

H. 19 c. L. 13 c.

*15.480.*

## DELACROIX (Eugène)

15,500.

12 — Ophélie.

« Ses vêtements s'étendirent largement, et, comme une sirène,
la soutinrent quelques instants : pendant ce temps elle chantait
avec délire de vieux airs, comme insensible à son propre
malheur ou comme une créature née et vivante de cet élément. »

(*Hamlet*, Shakspeare.)

Ce tableau est l'expression complète de la pensée du peintre
qui a reproduit, à différentes reprises, l'héroïne de Shakspeare;
il présente certaines variantes avec la lithographie qui figure
dans l'album d'Hamlet. Le paysage est merveilleux et la figure
est d'une pureté et d'une mélancolie admirables.

H. 52 c. L. 64 c.

## DELACROIX (Eugène)

17.000

13 — Intérieur d'une écurie arabe.

Deux chevaux, cabrés tous deux, se mordent avec furie; les
gardiens, qui étaient endormis, se lèvent pour faire cesser le
combat.

Aux murs de l'écurie sont appendus des housses, des selles,
des harnais, etc.

Tableau magnifique de mouvement, d'harmonie et de ton.

H. 65 c. L. 81 c.

## DELACROIX (Eugène)

3,850.

14 — Lélia.

« Aucun bruit n'arrivant plus à ses oreilles, il (Magnus) se
rassura un peu et leva la tête, il vit l'abbesse des Camaldules
agenouillée près de Stenio.

« Lélia était penchée sur le lit funèbre, elle semblait aussi
morte que Sténio. C'était la digne fiancée d'un cadavre. »

(*Lélia*, Georges Sand.)

H. 45 c. L. 38 c.

51.850.

# FRANÇAIS

*680.* 15 — Coucher de soleil.

Un temple antique, entouré d'arbustes, se détache en silhouette sur le ciel doré par le coucher du soleil ; il domine un petit ravin d'où sort une canéphore rapportant l'eau de la source consacrée.

Forme ovale. — H. 33, c. L. 79.

# FROMENTIN

*5.000.* 16 — Cavaliers arabes.

Un cavalier arabe monté sur un cheval brun, le long fusil au dos, et un autre Arabe près d'un cheval sans selle, sortent d'un petit bois.

Plus loin, un serviteur promène un troisième cheval par la bride.

H. 46 c. L. 33 c.

# HAMON

*3.100.* 17 — La Boutique à quatre sous.

Ce tableau, qui a obtenu un grand succès à l'Exposition universelle de 1865, a été lithographié, par Aubert.

L'artiste s'est représenté lui-même sous les traits du marchand.

H. 30 c. L. 24 c.

*60.610.*

## ISABEY

**18 — Baptême dans une église.**

L'église est très-élevée, le soleil éclaire les colonnes de la
nef, dans laquelle sont suspendus de petits vaisseaux en *ex-voto*.

Les prêtres sont aux fonts baptismaux, l'assistance des
seigneurs, des dames, des enfants et des fidèles est fort nombreuse.

Tableau très-fin de ton et d'une charmante exécution.

H. 66 c. L. 41 c.

## ISABEY

**19 — Marine, avec barques de pêcheurs.**

H. 13 c. L. 20 c.

## JACQUE

**20 — Joueurs de cartes.**

Deux paysans jouent aux cartes; assis sur un banc, dans
un intérieur rustique.

Petit tableau très-fin.

H. 13 c. L. 10 c.

## LEPICIE

**21 — Jeune Femme tricotant.**

Charmante figure vue à mi-corps; toute vêtue de blanc, cheveux poudrés, bonnet blanc.

H. 16 c. L. 12 c.

## LEPICIE

*1.800.*  22 — La Femme du braconnier.

Une femme rapporte un lapin qu'elle avait caché sous du bois mort dans son tablier, elle le donne à une petite fille qui va le réunir à un faisan déposé déjà sur une hotte.

Vente Odiot.

H. 31 c. L. 25 c.

## MEISSONIER

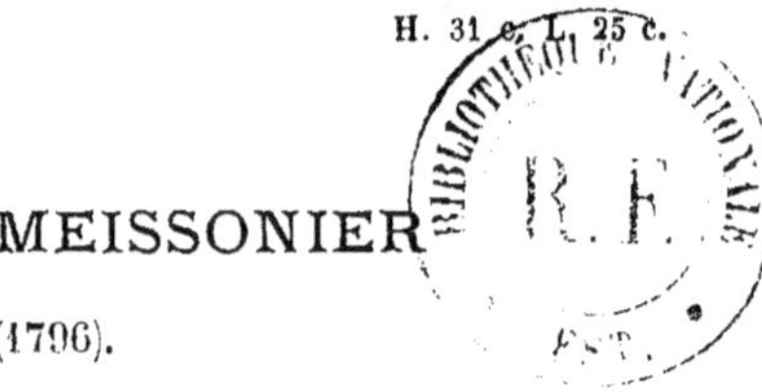


*20.100.*  23 — La Vedette (1796).

Un hussard, monté sur un cheval blanc, le fusil au poing, immobile comme une statue, regarde dans l'espace.

La plaine est couverte de genêts. Le ciel gris annonce le commencement de l'hiver.

Tableau d'une fort belle exécution, est très-vrai de détails et d'effet.

H. 40 c. L. 29 c.

## REGNAULT (Henri)

*24.000.*  24 — Soldat marocain à la porte d'un Bascha.

Daté Tanger 1870, ce tableau est probablement le dernier de cet artiste, si vivement regretté. Il a été envoyé d'Afrique le 4 juillet; dans la lettre où il l'annonce, Reynault écrivait :

« Tout simple et tout bête qu'il est, Je crois qu'il rend « assez bien l'aspect des intérieurs marocains avec les murs « blanchis à la chaux et en tons riches, qu'ils savent si bien « grouper, ou plutôt qu'ils groupent par hasard avec un si « heureux instinct. »

H. 72 c. L. 54 c.

*115.200.*

# RIBOT

**25 — Le bon Samaritain.**

Il soutient le blessé et va le placer sur son cheval.
Tout le fond du tableau est dans l'ombre du soir ; les figures
sont éclairées par un dernier rayon du soleil.

H. 79 c. L. 55 c.

# ROUSSEAU (Théodore)

**26 — La lisière de Barbizon.**

Charmant petit tableau, très-fin de ton.

H. 15 c. L. 21 c.

# ROUSSEAU (Philippe)

**27 — Chatte et ses petits.**

Une chatte blanche qui allaitait ses petits se dérange à la
vue d'un papillon qui vole au-dessus d'elle ; un de ses petits se
pose tout entier dans une assiette pleine de lait, pour boire
tout à son aise.

Variante du tableau du Musée du Luxembourg, *l'Intrus.*

H. 74 c. L. 93 c.

# ROYBET

**28 — Le Bouffon.**

Vêtu de rouge de la tête aux pieds ; ayant à la main une
marotte, il retient par une chaîne deux gros chiens près de
lui.

H. 79 c. L. 55 c.

## ROYBET

*1550.* 29 — La Chasse aux canards.

Deux jeunes varlets, revêtus de costumes pittoresques du moyen-âge, chassent aux canards dans un marais sur la lisière d'un bois.

H. 34 c. L. 29 c.

## STEVENS (Joseph)

*1.900.* 30 — Le Chien et la Mouche.

Un griffon suit du regard une grosse mouche qui se promède sur un mur d'écurie éclairé brillamment par le soleil.

H. 72 c. L. 92 c.

## TROYON

*25.500.* 31 — Animaux près d'une mare.

Deux bœufs, l'un blanc tacheté de noir, et l'autre roux, viennent de boire à une mare.

A gauche, la lisière d'un bois, où sont couchés d'autres animaux; à droite, au loin, une femme et un enfant près d'un petit bouquet d'arbres.

Paysage et animaux, tout est superbe dans ce tableau; c'est un des chefs-d'œuvre de Troyon.

H. 88 c. L. 72 c.

## TROYON

*6.510.* 32 — Marine.

C'est le soir. Le soleil se couche ardent au milieu de nuages noirs; la mer a déjà pris une teinte sombre; une barque de pêcheur, les voiles déployées, se détache sur le dernier rayon du soleil.

Tableau d'une coloration superbe et plein de poésie.

H. 60 c. L. 36 c.

# ZIEGLER

33 — Un Membre du Conseil des Dix.

Étude. — H. 53 c. L. 44 c.

# ZIEM

34 — Marine.

Tout petit panneau, charmant de ton.

H. 25 c. L. 20 c.

Renou et Maulde, imprimeurs de a Compagnie des Commissaires-Priseurs,
rue de Rivoli, 144., 16725